歌集

鉄鉛集

吉村睦人

現代短歌社

目次

一九九〇（平成二）年

一九九一（平成三）年

鉄鉛集

一九六一（昭和三十六）年〜一九八五（昭和六十）年

まんさくの花

まんさくの花咲くころにうづくごと兆しくるこの悲しみは何

残りゐる枯葉おのづと霜よけとなりてまんさくの花咲きてゐる

犀星がこの世でもつとも美しい花と書きたるまんさくの花

草生には栴檀の実生幾本か秋の日ざしを受けてかがやく

時代精神の相違と結論せる粗雑なる論文をとにかく読み終へぬ

蔑みし父のごとくに妻子らに振舞ひてゐるおのれに気づく

蟷螂より助けむとせし油蟬は頭半分齧られてゐき

二三日持ちて出来ざる仕事をば鞄につめてけふも家出づ

蘭の苔に芽生えしカタバミの小さき芽をピンセットにて一本づつ抜く

教育と縁なき者がいつのときも教育をいぢくりまはす

水栽培のヒヤシンスの蕾ふくらめる部屋に夜遅くわが帰り来ぬ

清水湧くところには必ず釣舟の花咲きてゐき正丸峠への道

あたたかき君の研究室の窓のべに花梗伸ばすオルニソガラム

花梨の花若葉の中にかくれるがごとく今年も咲きはじめたり

或る時は物指にて鞭打ちつつ勉強をやらせし若き日の母

雨に濡れ梅花空木の花咲くをガラス戸越しにいくたびも見る

昨夜《よべ》遅く脱ぎしワイシャツをわれは着てけふの勤に出でてゆくなり

その為に職を辞むるも止むなしと心を決めて会議に向ふ

一九八六（昭和六十一）年

戦死公報

三椏と紅花三椏と並び咲く夕べの庭のいつまでも明るし

地下水のにじみ出でゐし赤土の崖はコンクリートにて固められたり

夜学終へ帰りゆく常の暗き道今夜も兆すはかなき思ひ

わが兄の戦死の公報来し日のごと土埃たてて春の風吹く

土割りて天南星の芽の出づる頃にてありきかのかなしみは

幼き日住みたる家によく似たり板塀の中に枇杷の木ありて

日が少し長くなりしと今日思ふ椿の根本に夕日さす見て

葉の先になべて小さき皮つけていつせいに萌え出でしトマトの二葉

蟇の声二声三声聞きしのちまたしづかなり貴船社の池

停年まであと十年となりたるに気づきて今夜少しうろたふ

子のことで苦しむ友の話聞きわれもわが子のことを思ひぬ

樋口一葉通ひし中島歌子塾在りしところに建つ美容院

名刺の注文取り歩く母にわがつきてこの放送研究所にもわれは来りぬ

国鉄の用地売却の汚職記事に名の出でてゐし君の父親

公園のベンチにけふもつつましく握り飯食ふ老夫婦あり

分割さるる国鉄用地か駅前のアスファルトに新しき鋲打たれたり

森中の道にところどころ打たれあり先を赤く塗りし標木

乾きたる草のにほひの中となり自転車のペダル軽くなりたり

方形の池

井の頭の池にはなほも幾箇所か水の湧き出づるところありと言ふ

方形の池に睡蓮の花一つ様々の花咲く庭の中ほど

ノズルより噴き出す水にガマズミの新芽のアブラムシ飛ばされてゆく

切られても切られても芽を出す虎杖に今日は除草剤がかけられてゐる

ヤブガラシの蔓のいきほふ庭見つつ焼香の列にわが並びゐる

ところどころ赤く錆びたる水湧くを見つつ湿原の木道を行く

少年らにノックのボール打ちてをり蓼科山にま向かひながら

君帰《きみがへり》といふ静かなる村落あり旧盆にてどの家も提灯つるす

指ほどに蔓太くなりてグランドのネットを覆ふヘクソカズラは

飯盒の中蓋に入れし味噌汁は皆飯の中にまざりてゐたり

油しみし床板の隙間に幾本か活字はさまりてゐるもなつかし

印字修正昨夜の中に終へたれば今日は朝から印刷にかかる

わが爪の間にいつまでも残りゐる印字修正のセメン糊にほふ

学びゐる生徒ら見つつ学ぶことの乏しかりし己を思ふ

誰も居らぬ教員室に椅子二つ合はせて坐り採点つづくる

新しき病棟ならず訪ねゆきし父の病室は木造の棟にありき

放射能測定用に飼はれゐる小鳥なることをわれは知りたり

青山通り

交換分合終へし田圃が整然とつづきてをりぬ幾駅かの間

葱坊主出でたる葱は引き抜かれ畑の隅に捨てられてあり

夕潮のさし来し運河反射して倉庫の壁に縞模様ゆらぐ

作り終へし歌会詠草届け来て夕焼に向かひ青山通り歩む

幾度も幾十度も通ひたるこの道にしてなほも恋しき

入試問題の印刷に幾日かわが通ふ隅田川をくぐる地下鉄に乗りて

屋根はどれも同じ形の宅地なり田圃のあとに盛り土をして

われの掘る土より出づる幼虫を待ちゐてすばやく鶏ついばむ

軽口をすぐにたたくわが癖を笑ひてをれど蔑みをらむ

不器用にただおどおどと生きて来てのぞみかなひし一つだになし

耐ふることには馴れゐるわれと思ひゐしが一人となれば涙湧き出づ

歌会詠草のガリ切りながら「帯戸」とは何かとわれは辞書を引きたり

わが仕事阻めるものは己なることに気づきて立ち上がりたり

あと十五年親父は働いてくれるかと音楽志望の子はわれに問ふ

核のなき二十一世紀といふことばことばだけでもすがしきものを

青き火花

冬を咲くエイザンスミレの清きかをりフレームの中にこもりてをりぬ

珍しき羊歯を幾種か見しことも今日の出張の収穫とせむ

街灯に近き枝には青々と葉の残りゐる篠懸並木

道の両側に背高泡立草の枯茎が立ちつづきをりしばらくの間

雪の舞ふ欅の梢にいつまでも一羽止まりて動かぬ懸巣

凍死せし雌雄の烏か雪の上にうづくまれるを羽ひろげおほふ

両手拡げ受験生の誘導をしてゐるわれがテレビに映る

己が子のことにてかくも苦しむをいまいましと思ふ時あり

一年は早く過ぎたり父母の墓に来たりて笹を抜き取る

一つこと思ひてほてれるわが頬に触れくる雪はすぐに解けゆく

消す時に青き火花の立つスイッチ今夜も消して眠らむとする

落葉掻き出で来し福寿草の花の芽に落葉を再びわれはかぶせぬ

ゆばりかく近くなりしは身体冷ゆるゆゑのみにあらずと今夜は思ふ

すぐそばの入間川に今白鳥が来てゐるといふ友よりの電話

一日中動くともなき水槽の金魚に夕べの日がさしてをり

小さき畑なれどあをあをと冬菜茂りてゐるに安らぐ

霜白き刈田の中にところどころ芹青々と培ふ田あり

冬の間の芹の葉はかく広くしてその根をかばふ如くにしげる

廃止されし温室の中に何蘭か橙色の花垂れて咲く

崖に生ふる羊歯に雪のかかりをり夜学を終へて帰りゆくとき

温度により自動的に天窓の開閉する温室が幾棟か並びてゐる

夜学教へ帰りゆく常の暗き道マンホールの中を流るる水の音

三十年前の記憶のよみがへる太東岬にわれは近づく

高麗神社の寄進帳見れば一字姓の韓国人の名前の多し

朝早き菰野の町をわが歩む溝ある路地をなつかしみつつ

菅原伏見東陵の濠の中田道間守の小き墓見ゆる島

一九八七（昭和六十二）年

地上百尺

その母の看病に妻は今日もまた朝早くより出でて行きたり

地下深く掘り下げられしわが家の建築現場を夕べ来て見る

四月からの仕事を思ひ今夜また少し興奮し眠りにつきぬ

菓子買へず見せて貰へざりし紙芝居「ぼんちゃんとタヌ公」の題を記憶す

直角に曲るこの道五十年前の記憶のたちかへり来る

輝ける湖面をバックにくつきりと古墳の形見する丘あり

夕日今手賀沼の向かうに入らむとし細長き水面《みづも》輝きて見ゆ

入試近づきいらだちてゐる少年をただ見守りてゐるばかりなり

何年か振りにサイハイランが花つけぬこの春限り移りゆく庭に

落葉かきて今日気づきたり庭のへりの竜の髭に今年あまた実のつく

忠魂碑のあるところまで自転車に乗せて往復してくれし亡き兄思ふ

忙しきこの一箇月のわが心支へとなりゐし一枚の葉書

雪積る長尾根見ゆるところまで雑木の丘をのぼりつめたり

迷彩服着てカービン銃持つ一隊が休憩終へてトラックに乗り込む

同窓会名簿が出来て今日もまた投資勧誘の電話かかり来

雪消えし垣根の下にひろがれるはこべにすでに花つきてゐる

茶殻撒きて畳を掃きゐし母のこと急須洗ひつつ思ひ出したり

塀の外まで枝をひろげし胡桃の木青山のこの親木のごとく

三百四議席与へしは誰税制も防衛も国鉄もほしいままにする

積み上げし藁の上にそそぐ雨かすかな湯気の立ちのぼりをり

次々と卵より出づる雛の見ゆ孵卵器の中にて音は聞えず

広告が取れてほつとしデパートにて産気づき姉を産みしわが母

高島屋の地上百尺で生まれし姉吉村百子と名付けられたり

お祝に貰ひし初衣一式はすぐに金に替へられしといふ

歩みゆくわが目の前を飛びてゆく幾種類かの草の実のあり

朝日今差して来りて水槽のボルボックスゆるやかに浮遊しはじむ

稲妻に時折照らし出ださるる蓼科山とその上の雲

木の橋

建てかはりし店の間に竹籠を編む小さき家のなほも残れり

小鳥籠持ちたる人の乗りて来て電車の中にしきり鳴く声

貯穀害虫の研究をしてゐるといふ手紙貰ひしよりまた幾年か過ぐ

ショーウィンドーを温室にして幾種類ものサボテンを置く店のあり

道に沿ひ小川流れて門ごとに木の橋渡すこの古き町

窪みたる石の面に雨水のたまるを見るは心安けし

未央柳の花にまつはる思ひ出にしばし心をゆだねてゐたり

鳥が種子を落して出でし錦木も譲葉も携へてこの家去らむ

夜遅く帰りきたれば水槽にエアーポンプの静かなる音

暑き日の照りつくる環状七号線車途絶ゆるひとときがあり

高きビルの窓を拭きゐるゴンドラありしばし見上げてまた歩きゆく

マロニエの並木

アラスカに核を配備することを被爆せる国の首相が提案せり

瀬戸内の島にて採りし黄カタバミ夏過ぎてまた葉の繁り来ぬ

二百数十首の歌を原紙に截り終へし右手を胸に置きて眠る

一斉に飛び立ちし雀ら森の上を一めぐりして刈田にもどる

五味先生とともに来りし誕生寺鯛の墓に微笑みて寄りし面影

発行所の仕事手伝ふ慰労の旅はじめてわれは旅館に泊りぬ

土佐水木すでに花芽を持ちてをり山芋の蔓の覆へる中に

マロニエの並木の下を歩みゆく学生の群にわれもまじりて

房なして実のなりてゐる枝の見ゆ雁木坂のマロニエ並木

新しき白きベンチが置かれあり今日より新学期の校庭の木の下

グリコ森永事件の捜査にてわがタイプライターも調べられたり

煩しきあまたあれどやうやくに成りたる池を見るは楽しも

過ぎし日のことをたてつづけに夢に見る停年間近になりたるわれの

いち早く烏山椒の葉は落ちて明るくなりしこの雑木林の道

除外されてゐることを気にしてをりしがいつかわれは忘れてしまへり

一九八八（昭和六十三）年

鉄と鉛

大空の中処で少し渦巻きてやがて消えゆく白き雲あり

葉の落ちし白木蓮の梢には苞につつまれしあまたの花芽

一週間見ざりし間にわが家の新築工事はいたくはかどる

出来上がりし屋上に妻とのぼり来て星座をこもごも言ひ合ひてをり

新しき部屋の明るき窓に向き採点をし校正をする

向かう校舎に日当りをりてどの窓もカーテンしめて授業してゐる

鉄を鉛と言ふとも鉄は鉄なりと思ひてわれは心こらへぬ

夜半遅く池に来たれば水口にあつまりて鯉らしづまりてをり

大島にて重傷負ひし傷の痕かくすなかりし坊主頭の君

井出敏郎氏追悼

現在も使用してゐる封筒の宛名印刷機は君の提案

背低き君は見上げるごとく見詰め自衛隊に行くを諫めくれたり

歌作るをでつち上げると言ひをりし井出敏郎のひたすら恋し

踏みつけし花韮のにほひいつまでもただよひてをり葬り終へし庭に

形式と内容

形式は内容の為のものなるに形式が内容を規制せむとす

しんねうに点は一つか二つかと細かきことを論じてゐたり

いひぎりの葉裏によこばひあまたゐて分泌する液雨のごと落つ

烏瓜の球根までも掘り持ちて新しき庭にわが移り来ぬ

変哲もなき村落のところどころに大谷石採石場の入口のあり

畑のへりに植ゑし胡麻に花咲きて見かけぬ蝶が来て舞ひてゐる

接骨木の新芽にびつしり蚜虫つきゐるを見て園離れ来ぬ

つきぬき忍冬のからまりてゐる鉄柵もブルドーザーはおし倒したり

朱色の蜘蛛

羽根に少し傷ある鳩が今朝もまたわが窓近き枝に来てゐる

奥筑波を自動車で一気にくだりたるかの頃はわれら一途なりき

実の下部が円錐形に尖りゐて水底にささりて芽吹き繁殖す

群なして野生化したる鶏ら犬来れば一斉に松に飛び上がる

枝撓ふばかりに咲きし梅花空木いまだ一ひらも花片散らず

「妙法寺近道」と彫られし標石は銀行とスーパーストアの間に残る

手の甲を這へる小さき朱色の蜘蛛をしづかに吹き払ひたり

やうやくに土整ひしわが庭に似我蜂の来て巣穴をつくる

亡き父と共に来たりし佃島その時なかりし橋を今日渡る

ただ一本残る都電の路線にて明かりともして走り行く見ゆ

わが池の水面にて羽搏きつつ水浴びする鶫今日も見たり

ビル工事の振動止みて池の鯉今日はのびのびと泳ぎてをりぬ

雀が来れば他の小鳥も来ると言ひ妻は朝夕餌をまきゐる

梅雨に入りしのち雨降らずどんよりと曇りし空を舞ふ鳥のあり

教師を批判する文今日もありわれは己に引きつけて読む

次の休暇につづきをやらうと言ひしまま北支に征きて戦死せし兄

その時の将棋の盤面を書きとめし紙を今も大切に持つ

家ごとにマンション建築反対の看板掲げたりこの一区画

頑なになりゐるわれに気づきたりストケシア紫の花咲くを見て

わが窓と同じ高さの隣屋根はねる雨脚をしばし見てをり

梅雨の合ひ間さし来し日ざしに開きたる松葉牡丹に来たる蝶あり

松葉牡丹を見れば母を思ひ出づいたく好みし母にてありき

造作《ざうさく》のなき貸家といふを今日知りぬ幼き日わが住みたるはそれ

思ひ切つて切りし胡桃の切り口に近きあたりより芽吹きはじめぬ

池の濾過器も井戸の揚水器も木の蔭にかくれて庭の落着きてきぬ

ベランダに籐椅子一つ置かれしまま雨戸閉ざせる山荘のあり

稲妻に時折浮かぶ高井戸の塵芥焼却場の太き煙突

幾度も腰に手を当て立ち止まるこれまでになき今日の先生

類型

類型を避くるが故に類型に陥ることに気付かざるなり

年金が付くまで勤めむとわが父は病に堪へて働きてゐき

君の臥す縁にまはれば飛石の上にもあまた柿の落ち花

舗道の石の目数へ歩みをり言はれしことを忘れむとして

地下室の書庫に降りて来し時に自動換気扇は作動はじめき

野牡丹は次々咲きて屋上の人工芝に花片こぼす

色づきし花水木の実を啄みに雨の中いくたびもひよどりが来る

花水木の実は紅に色づきて黄ばみそめたる葉の中に見ゆ

換気扇のなまぬるき風面に受く駅への近道の路地を行く時

血糖値のところに赤線引かれゐて要精密検査の印押されあり

一九八九（昭和六十四・平成元）年

比企の山

茎の先なほ咲きつづくホトトギス大き蟷螂がぢりぢりのぼる

ページめくる時にかすかに指に感ず活版印刷の紙面の凹凸

幾度も質屋に行きて助けくれし父の形見のこの金時計

玄関脇の水鉢の水に塵浮かび一月《いちぐわつ》もすでに半ば過ぎたり

花芽つく土佐水木の枝先を植木職人は切りつめてゆく

公園を横切り来れば一隅に檀香梅は花付けてゐき

み墓ある比企のあたりの山ならむ今赤々と日の沈みゆく

草の絮か鳥の羽毛かバスを待つわが目の前をゆつくりと過ぐ

今時子に苦しまぬ親などゐるものかと君は言ひたり

対向車線過ぎ行く自動車の風圧を感じつつわれはハンドル握りゐる

コンピューターにて打ち出されたる細長き明細書のみ入る俸給袋

悔しみは全く無いといふならずキュラソーのみて今夜眠らむ

われには全くかかはりのなきことと一言にして足ることなりき

幻聴とわが知りながら蛙鳴く声をしばらく聞きてゐたりき

一年で最も忙しき日々にして万作の花も咲き過ぎてゆく

屋上の手摺を越えて枝のばし雲南黄梅は咲き垂れてゐる

冬葵

醜きニュースは今日もつづきをり高空にすぢ引く雲の美し

自浄作用全くきかぬ集団の中の一つにわれも所属す

椋鳥が餌食ふ間かたはらの枝にとまりて鵯は待ちをり

車にていつも通過するこの橋を今日は歩きてゆつくり渡る

山茱萸の花咲き初めしと聞きしかど今朝も暗きに家出でて来ぬ

冬葵あるかも知れずと仁衛門島の浜べをわれは一人めぐりぬ

疋田の道

先生の歌に君の歌に幾度も読まれし疋田の道を今日行く

見えぬ目にただ微笑みていましたる最後のみ姿永久の面影

吉田先生の詠まれしみせばやはこれなるか石に置かれし貝殻の中

「おまかせ定食にしませう」と言ひましし言葉今も耳に残る

吉野山の安居会ののち幾人《いくたり》かやさしかりし君のことを言ひたり

香具山の麓にて買ひし桃持ちて君を訪ねき暑き夏の日

思ひしより宅地造成進みゐしがなほ道のべに菫咲きゐき

先生と君が掘りとりたりといふ菫はこれか道のべの崖

旧道に登れば見ゆる若草山そを切り通しよりわが見上げをり

黄花釣舟草

去年の枯れし茎のわきより金蘭は新しき芽を伸ばし初めぬ

神田川の水清くなりて洗堰のあたりに今日は鶺鴒のゐる

売場にて見たりし大名竹いくたびも思ひ返しつつわが帰りゆく

やうやくにこの庭になじみ花一つ今年つけたり黄花釣舟

梅雨の雨降りつづくなか道のべの莠はなべて穂を出だしたり

柊南天に黄色き花のつきてをり病む君の部屋は雨戸とざして

高野山

降る雨は苔の青める檜皮屋の社の屋根に吸はるるごとし

高野槇の大木ありてその蔭に宝鐸も苔むす多宝塔見ゆ

冬の間を雪に圧されて平びたる落葉の中に萌ゆる羊歯の芽

雪とけし崖の赤土にあまたあり猩猩袴と思ふロゼット

旧字体の「鹽專賣所」の札残る店あり峠のバス停の前

婚姻色のたなご

屋上に鉢に植ゑたる凌霄花花咲き垂れて遠くより見ゆ

ゴーグルを通してなほも目に痛し稜線より碧空に突き出でし雪庇

渋滞する車の列の中にゐて考へは二転し三転をしぬ

廂の影くつきり壁にうつりをり台風過ぎし朝の日ざしに

睡蓮の朽ちたる茎をつつきゐる婚姻色のたなご幾匹

鋭き香放つ寒蘭も会場を出でて来たればすぐに忘れぬ

夕食は今日は何ならむ炊事する音を聞きつつ採点つづくる

何もなき園と思ひて入り来しに枸杞の花ひそかに咲きてをりたり

平穏に日々が過ぎてゆけばよいなどと思ふには二十年早い

稲妻の時折照らす夜の空団塊なして過ぎて行く雲

一九九〇（平成二）年

温室の棚

酢川温泉にのぼりゆく道の蕗の薹馬車にてここを行きし人思ふ

うら枯れし草の穂つづく先にして川あるらしく鳥の飛び立つ

椿の木覆ひて繁りし山芋の黄葉となりてしるく目につく

天明四年の文字の見ゆる庚申塚わが待つバス停の前にありたり

うら枯れし草原の中自動車の轍つづきて水溜りをり

静かなる峡の空気をひき裂きてジェット戦闘機飛び過ぎゆきぬ

小淵沢をわが過ぐるとき胴乱提げ莫蓙負ふ茅野貫一氏の姿の浮かぶ

助手席に妻は眠りぬ靄こむる高速道路をなほわが走る

迷彩つけし自衛隊車輛もまじりゐて長々つづく渋滞の列

牛の皮を板に広げし小屋ありきこの高速道の交差するあたり

丘の上に建ちたる家々屋根の上に温水器置きて光を反す

上流に流れゆくかと錯覚す西日かがやき波立つ入間川

水苔を換へねばならぬ蘭の鉢温室の棚の一段を占む

何の芽か枯芝の中に一列に角ぐむを見てこころ安けし

羽根木公園の梅まつりの出店にて値切りたる支那満作に蕾つきたり

夜遅く人帰り来て隣家の外階段をのぼる音する

目覚めたる夜の隣室に話しゐる母と子の会話しばし聞きゐつ

自動車の途絶えし道に工事灯整然となほ点滅しをり

頼まれし筍の煮え具合を幾度も見にゆきながら採点つづくる

グランドの芝を抽き出で点々と風に揺れゐる庭石菖の花

組み立てし鉄骨に支へられしクレーンにてさらに上へと伸ばしゆくらし

装甲車の小さき口より降ろさるるチャウシェスク大統領を繰り返し映す

無税の利むさぼる者ら集まりて税の不公平を是正すると称す

今にはじまつたことではないと思ひつつその場をわれは離れて来たる

梅雨時

君逝きてはやも二月《ふたつき》過ぎゐるを友の便りにて今夜わが知る

買ひて来しナスタチュームに亡き母が好みし花と姉涙ぐむ

神田川今日水澄みて藻のかげにひそめる鯉の幾匹か見ゆ

店先の発泡スチロールに植ゑられし蒲に一本穂の立ちてをり

沢瀉の一枚の葉を食ひ終へし毛虫は泳ぎて次の葉に移る

夜遅く帰り来りてしめりもつ畳を踏めばかへる安らぎ

校正に倦みこしときに卓の上の花瓶ふるはす小さき地震《なゐ》あり

天井よりふたたび雫落つるまで湯槽の中に目をつぶりをり

梅雨のあめ降りてゐるのか止みたるか杉の木立のけぶらひて見ゆ

金属バットにて球打つ音の風に乗り聞こえくるなりこの屋上に

門柱の上に風知草の鉢を置く様変らざる君在りし家

新しく成りし舗道のカラー煉瓦濡らして雨の降りつづきをり

日当りよき君の庭にて枝翼よくつきし錦木その下の黒蘭

高速路わが走りつつ料金所に勤めゐるといふ小野田氏思ふ

助手席にシェパード乗せし自動車に今朝も歩道をしばし遮断さる

四角号碼

報復措置互に取り合ひ重苦しく推移してゆくこの幾日か

四角号碼使ひて漢字引きつづけ疲れればしばし中国簡化文字表見る

父われの停年までの十年を子は計算に入れてゐるらし

バズーカ砲放ち特車に乗り組み一途なりしかの一年六箇月

大学なんかいつでも行ける今われのなすべきこととその時思ひき

自衛隊員となりたることが今もなほ影響してゐることを知りたり

元自衛隊員に進行係をやらせるなと言ひましことを伝へ聞きたり

還暦になりても本塁打打ちしこと残る幾年の自負とわがせむ

誠実に生きゆくことが究極のわれのこの世のあくがれにして

夜空を閃きてくる稲妻あり校正一区切りつきたるときに

たてつづけに額より汗のしたたれど桜の大枝一息に挽く

日照りつづきてしをれてをりし向日葵の葉もたちかへり雨はじきをり

降り出でし夕立たちまち屋根洗ひ樋よりあふるる様を見て居り

青粉の発生状況を調ぶるとモーターボートは出でてゆきたり

コンクリートの電柱にとまりし油蟬一声鳴きて飛びうつりゆく

今日もまた暑くならむ朝早く屋上に来て草に水やる

帰り来て乾ける土に池水をすくひて打てば蝶の舞ひくる

夜半《よは》となり雨止みたれば窓近き椿の木より地虫鳴き出づ

山の形変るまでに採石されし武甲山の凹みし稜線見ゆる

稲よりも太く分蘖してゐるを目安に稗を根元より抜く

たつぷりと水打ちたりし八つ手の葉に次々羽を濡らしゆく小鳥

鉄線に仕切られし空地にコンフリーあちこち繁り花茎を立つ

大谷石の塀

大谷石の塀の中は空地となりアメリカ山牛蒡しげりにしげる

乾きたる土をもたげて生姜の根ふくらむ見つつ畑沿ひに行く

故郷より送り来れる鰺の乾物妻は屋上に並べ干しをり

あこがれて遠く来りしわが車平群の谷に今し入りゆく

捩花の花梗幾本か立つ見ゆる病む君の窓の外の芝生に

羊の群のごとくに見えてゐし雲もうすれて暗みゆく空

台風の名残りの風もしづまりて竿竹売りの声聞えくる

秋づきし日ざしの中に浜木綿は今年三本目の花茎立てぬ

朝早くのぼり来りし屋上の手摺に早も来ゐる赤蜻蛉

屋根にのぼり樋にたまりし胡桃の実拾ひ集めぬバケツ一杯

葉の落ちし白山吹に目につくは四つづつつける黒きつぶら実

蠟梅の葉の散りそめて下蔭のえびねにやうやく日の差すこのごろ

その上に花水木の朱き実のありて藪茗荷の葉に白き鳥の糞

桐の葉の落ちしに一瞬驚きてそのまま猫は通り過ぎたり

朝々を家出づるときわがすくふ池に落葉の多くなりきぬ

水底の落葉をすくふわが網にまたかかりたり虹色のたなご

今年も散りはじめたる胡桃の葉長き葉柄の靴にまつはる

沙羅の木に今年あまた実のつくが赤茶けし葉の中に目につく

われの読む本の上を幾度も往き来する朱色の小さき蜘蛛あり

有閑婦人の外国詠の並ぶ中農に勤しむ君の歌あり

歌分からぬ者が発言し歌分かる者は沈黙してゐる現実

野牡丹の葉は紅葉して芝の中いただきになほ咲きつぐ紫

冬日さすショーウィンドーに置かれたるアロエに朱《あけ》の花つくが見ゆ

一九九一（平成三）年

父母会

花韮の葉の霜とけて朝の日に光り新しき年は来りぬ

かたはらに地図置き先生の歩みましし跡をたどりて歌集読みゆく

先生の歌と地図とを照合し冬葵自生地をわが推定す

おのが子をわが思ひつつ父母会にそれぞれの嘆きを聞きてをりたり

「どうすればこんなよい子に育つのですか」とこちらから問ふ親もをりたり

バイオリン弾く少年のかたはらにわれは忙しく採点つづくる

バイオリン一つ抱へてタラップをのぼりゆく吾が子振り向きもせず

ステンレスの壁に夕日のさして来てわづかな凹凸が長き影引く

分厚きガラス板が目の前にあるごとき感じしてゐるこの幾日か

射してこし朝の光に輝きて万作の花は咲きはじめたり

「アララギ」と君ら言ふときその中の何を指してゐるのだらうか

方竹の子

きれいに刈り込まれたる庭木らも君亡き今はさびしげに見ゆ

君の庭に根を貰ひたる方竹は細き竹の子出だしはじめぬ

竹の杖持ちて焚火の番するは先生なりき明け方の夢

先生の亡くなりしことにて一区切りつきしと言ふにわれは同ぜず

枝切りて幹のみ立てる唐変木さびしげに見ゆ孤高とも見ゆ

屋上にのぼれば遠く先生の墓ある比企の山並みの見ゆ

それぞれの郷里より送りくださりしすだちとかぼす交互に使ふ

猿の顔のごとき風船葛の種子蟷螂の頭のごとき烏瓜の種子

紙屑籠に溜りし紙を燃やし来て今一度考へ直してみよう

掃き寄せし落葉の裏にひそみゐしつまぐろよこばひもともに燃えゆく

池の面にかすかに湯気の立つを見て朝早く家を出でて来りぬ

ビルとビルの合間となりし黄楊の木に尾長の群は来なくなりたり

定めなき北国日和潮に曇るフロントガラスに雨の落ち来る

幾人かわれを嗾し来るなれどその手に乗らず回し者もゐる

「テル子か、迎へに来たのかい、私も行くよ」死ぬ幾日か前の先生の言葉

「農民」といふ言葉今も残りゐて『アララギ農民歌人十人集』

縁側の石に沿ひて幾株か澄める黄の花は草の王といふ

幾度も今日庭に出で池の面に散りし木蓮の花片すくふ

木蓮にまじりてあまた浮きてゐる隣より舞ひ来し花杏の花びら

蠟原紙

ワープロにて問題作る若きらと蠟原紙切るわれらとの違ひ

かの山をともに行きて懸橋にその手をとりしこともありたり

ドイツ語にて医師を詰問せしといふ君の最期の様を聞きたり

友乗せて今年いくたびかわが行きし慈光寺の道運転馴れたり

チェーンつけし自動車ときをり通りゆく音のしづけき雪の降る夜半

時長くクリスマスローズの花咲くを朝々《あした》見て家出でてゆく

連なりて掃海艇の出でてゆく映像の次に来るものは何

自らの高山植物園にて妻とともに岩ながれにあひし辻村伊助
二人して火山研究にのぼりゐて火砕流にのまれしといふ

濃き煙

濁りたる心は人に知られねば今日の一日も過ぎてゆきたり

未央柳の花咲く見れば北支にて戦死せし兄の最後の面影

葉ごもりに咲きはじめたる小賀玉の降る雨の中ににほひただよふ

焼却炉の底より出づる濃き煙土の面につきて拡がる

つづまりは己が心の貧しさに思ひいたりて夜半眼《まなこ》閉づ

みんみんの鳴く声しばし途切れたり電話の音のいづこにかする

雨止みて一斉に開く韮の花一つ来てゐる一文字せせり

内定となる寸前の状態のつづきゐるらし口きかぬ吾が子

網戸とほししきりににほふ梔子に今夜校正のはかどりてゆく

初号活字

父の使ひし印刷用具処分しぬ初号活字一つ残して

ゆつくりとのぼるエレベーターの中にして言ふべき言葉考へてをり

インパチェンスの鉢を一つ貰ひ来ぬ誤配されし小包届けに行きて

蕾いくつかつきそめし野牡丹のいただきに今日降る雨は霧のごとしも

引き抜きし草の根につきて出でてこし貝母の白きまろき球根

校正に区切つきたればテラスに出で月橘の花の香をかぎてゐる

新しく成りたる林道を地図の中に書き入れながら行くは楽しも

昨年《こぞ》の台風に放置されたる倒れ木に沢の遡行は不可能と言ふ

東浪見岬

君の年譜書き終へたれば今日は来ぬともに来たりしこの岬山に

離れ来てわがかへりみる東浪見岬潮けぶる中に小さく見ゆる

二十年へだてわが来しこの岬に幾重白波変らずに寄る

かの時の小松木高《こだか》く茂りゐてその根本まで崩されし岬山

息あへぎともにのぼりし岬山コンクリートの階段となりすぐのぼり尽く

岬山に細々鳴ける虫の声素枯れむとする草の中にて

しづかなる漁港なりしが見下ろせばサーフボード載せし車出で入る

この岬の裾をけづりてつくられし駐車場に集ふサーファーらの車

この岬より見さくる長き浜に沿ひ立ち並びゐるリゾートマンション

けづられし岬は矢板に囲まれてわづかに残る龍神の祠

何もかもコンクリートに固められ東浪見岬の名も廃れをり

一九九二（平成四）年

誤解

石垣にあまた生ひゐる井口辺草《ゐのもとさう》ふるさとの井戸を思ひ出さしむ

カルテ入れしバケット廊下の天井を往き来する見つつ診察を待つ

「美人蕉」とは水芭蕉のことなるを今日の校正にてわれは知りたり

採りて来て鉢に植ゑたる花筏葉の上に小さき蕾出できぬ

印刷屋会場掃除係運ちやんとわれを呼びゐることを知りをり

雲の中より出でむとしつつまた雲の中に入りゆく今夜の月は

そのやうな誤解をするのはする方が悪いと思ひ心落ち着く

煉瓦塀を覆ふ蔦の葉が一斉に風にそよぐを見つつバス待つ

杖つける老いしその母の手を引きて歩める人に今日も会ひたり

勘違ひしてわれに近づきて来し人は気づきてすぐに離れてゆきぬ

それ見たことかと言はむばかりの論調にもわれの心は距りてゐる

中天に輝きてゐる満月を折々見上げわが歩みゆく

久し振りに机の上を片づけて次の仕事に取りかかりたり

巣を出でてまだ羽根弱き鶫か降る雨の中に動かずにゐる

母が注文取り父が活字拾ひわが刷りし群馬県人会名簿に先生の御名ありき

胡桃の実

胡桃の実今年はあまたつきてをりわが窓近くのびたる枝にも

飛びて来し虫をはたけばたはやすく読みゐる本の上に落ちたり

花粉症が起こるのは花粉が殖えたのではなく工場の排出物と結合する為と言ふ

他の国を無法国家と言へるほど吾等の国は上等なるか

ブロック塀と舗道の間の狭き土にヒメツルソバは花つけてをり

かの時も大義名分をまづ言ひて国外に兵を送りたるなり

二人静の花もいつしか終りゐて小さき青き実をつづりゐる

貰ひたる百合根に太き芽のあればその幾つかを庭に埋めぬ

やうやくに咲きはじめたる釣舟に今日も一日雨の降りつぐ

先生の歌にありしヘンルーダこの薬草園にあまた繁れる

横書きのアンダーラインは簡単に縦書きの傍線に変換されぬ

鯉とともに亀も餌に寄りてくる真昼静かなる梅洞寺の池

一週間の臨海学校より帰り来し庭に咲きゐる仙翁の花

覆土率五十パーセントを越えゆきて蟻も絶滅寸前といふ

西遠く澄みたる空の下にしてみ墓ある比企の山並つづく

蟬の鳴く声を聞かずにこの夏もすでに半ばを過ぎむとしをり

めばるの刺身

先生の好みし言ひて丁寧に骨抜きくるるめばるの刺身　魚公の田中公一氏

川またぐホームに立ちて電車待つわが朝々のよろこびの一つ

迷彩つけし自衛隊機が国外の基地に今しも着陸せむとす

立ち退かぬ農家一軒が工事資材積まれし中に取り残されをり

ブロック塀と家との間の狭き土にしげる明日葉花つけてをり

咲きつづくホトトギスの葉にすがりゐる半ば土色に変りし蟷螂

ひつそりと咲きてひつそりと散りゆきしこの路地奥の木犀の花

眠りゐる幼子見ればしつかりと蟬の抜殻握りしめゐる

ピラカンサの赤き実たわわの角曲がり三軒目の丈低き門柱の家

木蓮の葉は皆落ちてその上に万作の葉が散りはじめたり

昨夜《よべ》降りし斑雪の残る山肌の冬木とほして見ゆるさびしさ

夜半《よは》遅く凍りし雪を踏みくだき路地に入りくる自動車の音

雪の上に小さき鳥の足跡のあまたつきゐるひとところあり

一九九三（平成五）年

木ささげの実

見馴れたるこの窓からの景色にも少しづつの変化のありぬ

蚕を飼ひゐることをわが知りぬ登校せぬ生徒を訪ね来りて

何人兄弟かと問はるる度に四人にて三人戦死せしをわが言ふ

学校は休暇に入りて空きてゐる電車に乗りて日直に行く

日直にて時間のあれば学級委員の作り来し座席表をワープロに打つ

ビールかけ合ふ様を長々と映しをり飢餓救済のキャンペーンの後

ビールかけする選手らの野球など来年からは見ぬことにせむ

墓の上に実を垂らしゐる木ささげを見ればたちまち心安らぐ　伊藤左千夫墓

車輪梅の実生あちこちに出でてをりひび入りしみ墓のまはりの割れ目に

アスファルトのわづかな隙に伸び立ちて枸杞はいくつか実をむすびをり

自動車に踏み固められし浜の砂散らばるは空缶プラスチックの容器ら

裁判官も防衛施設庁の役人も家族とともにここに住んでみよ

遠く来て一つの事の片づきぬ雪どけの水跳ねつつ歩む

溝川の海に入るところ波だちて夕べひとときボラの寄りゐる

一機数千億の哨戒機何国の何処を偵察するのか

暴力団と関はりあるのか暴力団そのものとも見ゆ映る面々

どの店もシャッターすでに下しゐて歩みゆくとき次々と鳴る

蒟蒻畑

蒟蒻畑つづける中にところどころ茎枯れそめし馬鈴薯畑

持ちゆきて供へしハゼランの種散りて墓石のめぐりに芽生えてをりぬ

ゆつくりと横断してゆく人のあり手をあげ足早に渡りゆくあり

葉の落ちて寄生木目につく倉戸山の尾根を一日わが歩き来ぬ

頂の近くなりしをわが知りぬ冬木に寄生木の多くなり来て

寄生木の付きし木あれば頂上に近いと教へくれし深田久弥氏

バス来るにまだ間のあれば傍らの茶店に入りて心太食ふ

わが好む一直線の軌道にて電車は筑波山に近づいてゆく

あたたかに冬日の当たる出窓の下金網張りて小鳥飼ふ家

いつよりかわが添ふる手を拒まずになり給ひたる先生を思ふ

葉の落ちし冬木の枝にからまれる葛の葉はなほ緑を保つ

赤き実をめでていつまでも挿しおきし山茱萸の枝に花芽ふくらむ

五十年たちたる今に思ひ知る一つ仕草の意味せしことを

道の上にかがまり蠟石にて遊びゐてつと目を上げき美しかりき

椅子の上からわざと転びてわが上に凭れ掛かりしこともありたり

留守番電話に入りてゐたるがこの世での君の最後の声となりたり

咲きそめし雲南黄梅の花見むと風邪おして出で来ぬ和田堀公園に

日光泣虫山

足尾より尾根を伝ひてこの山に至りし日より四十年経ぬ

歩み行く尾根のガレの隙間にも蕾もたぐる片栗の花

大谷《だいや》川へだて目の前に向かひ立つ雪残りゐる日光連山

幼子の玩具供へし一つあり含満《がんまん》が淵の並び地蔵に

枯れ立てる花茎に添ひみづみづと萌え出でゐるはうば百合ならむ

雑木々にまじりて生ふるうりかへでその青き幹に触れつつ下る

いく色かに料理されたる湯葉を食ふ日光の山を一日歩み来て

逝きましことを日を経てわが知りぬ蓋にて鍋をまぜますみ姿　宮地伸一氏母堂

忙しき日々にてあれど帰り来て屋上の草木に水やるひととき

のんびりと柱時計の鳴る音す芝桜覆ふ崖の上の家に

色白で肌の美しい人とあり雷鳥の記しし若き日のわが母　『青鞜人物事典』

京都にて

比叡山の頂に見る鞍馬山霞める中にその先の山々

京都大学に先輩たづね昼食を馳走になりしと生徒らは言ふ

今日一日《ひとひ》自由行動の生徒らのパトロールするところを地図にたしかむ

生徒らの自由行動の半日をわれは武田薬品農場に来ぬ

有用樹木刈込みし斜面の向かう側広がる和漢製薬基原植物標本園

それぞれの薬品に使はれてゐる植物をそれぞれの畝に植ゑ並べたり

畝の中にひときは高く目につくは信州大黄の赤き花ならむ

香辛料《スパイス》用植物園に近付きてしるくにほふはコリアンダーの葉

この草も薬用だつたのかとわれは寄るわが庭にもはびこる蔓日々草に

八橋はこれを模したるものといふ貰ひし肉桂の樹皮嗅ぎつつ歩む

中学校の帰り道塀をよぢのぼりこの樹皮剝ぎしこと思ひ出づ

名札に赤線入りしは毒草にてものものしかり温室の一隅

いくつかの旅

わが丈より高く伸びたる蚕豆の畑あり岬の間《あひ》の砂の畑に

葭簀にて丁寧に囲ふ畑あり何を栽培してゐるならむ

水平線にかすかに見ゆるを魚島と思ひてわれは恋しみてをり

春の潮けぶらふ瀬戸の島を恋ふ就中黄かたばみ咲く大崎上島

昨日は四国今日は奥多摩春休みのいく日かをわれはほしいままにす

たてつづけに煙草すはるる先生をあやぶみたれど何も言へざりき

奥さんに知られぬゆゑにわが車に乗りて煙草を吸ひつづけゐき

昭和初期ここに残りてゐるごとく檜葉の押されし漆喰の壁

台風の近づきて来る九十九里鉛のごとき波の寄せゐる

朝早く出でてトマトの脇芽摘む一夜のうちに長く伸びしを

トマトの脇芽摘み南瓜の受粉するかかる楽しきわれのひととき

砂利地《つち》にこぼれし種にて芽生えしか十四、五本の鶏頭のあり

どの言葉にも少しづつ隔りを感じつつわれはつひに黙してゐたり

サングラスかけし一人を疎みしがわれもサングラスかけてゐしなり

モザンビークへのＰＫＯの追加派遣もはや誰も問題とせず

夜更けまで囲炉裏のまはりで論議しぬ蒲団に入りてなほも言ひ合ひぬ

一九九四（平成六）年

海老根蘭

走りゆくわれの車は幾度か落ちし橡の実を踏みつぶしたり

草むらに拾ひ来たりし花梨いくつ虫のつけるがもつとも匂ふ

茅ヶ岳フロントガラスに見えくれば胸つくごとく甦るもの

海老根蘭に花芽のはやも出でてをり斑雪の残る広き葉の中

何の会の帰りなるか花束をかかへて電車にまどろむ青年

肉饅頭食ひたしといふ君にして病よろしきことを喜ぶ

肉饅頭持ちてゆけばこの次はコロッケを持つてきてと君言ふ

里芋の出来が今年はよいと言ひダンボール二箱送りくれたり

竪川の水門今日は開きゐて木材積みし船入りてゆく

桶の底にひそむ泥鰌らまれまれに空気を吸ひに水面に来る

いろいろな人が居るから面白いと思ひて怒りなぎてゆきたり

大三島へ

新幹線に乗ればたちまち眠りたり夜べ遅くまで仕事してゐて

工場地帯の中を流るる川なれど水鳥いく群か浮きゐるが見ゆ

形変らぬ住宅いく列も並びをり屋根のアンテナもみな同じにて

眠りより覚めたる眼にこころよし薄日さしゐる淀川河川敷グランド

近づきくる工場の屋根の上の文字「播州素麺」と読むべくなりぬ

川に沿ひグリーンに塗られし遊歩道目にたどりつつ姫路を過ぎぬ

低き山にとりかこまれし三原港今年また来て心安らぐ

瀬戸の海けぶらふ見つつ緒方夫人差入れの美少年秘蔵古酒飲む

落とされし枝につきゐる蜜柑拾ふ朝早く岬を友とめぐりて

阿奈波神社へ通ふ磯伝ひの狭き道に若き二人とすれ違ひたり

妹神の大山祇神社に少し離れ姉神まつる小さき神社

恋に破れし磐長媛に女《をみな》らの供へしものをとどむる阿奈波社

友らの話断片的に聞きながらいつしか眠りに入りてゆきたり

ロックボルトを打ち込む音は岬一つめぐり来しかば沖よりひびく

田端町五百番地

工場の駐車場となりてをり今日来し「田端町五百番地」

旧番地いまだ残せる門標を頼りに両先生の跡をたづねぬ

田端台の方を見やりて「天然自笑軒の跡はどうなつてゐる」と問ひ給ひたり

先生のここに住みしは八箇月短けれどもいたくなつかし

君死にしあたりに咲きゐし柳蘭枯れたる茎の一面に立つ

崖壁に君の打ちたるハーケンはカラビナをつけしまま残りをり

君死にし岩壁の前に追悼文集捧げて今日われらの集ふ

こんなところでどうして死んだのだといふ疑問を今は誰も言はず

死にゆきし君の墓標のごとくにて草生ふる岩壁垂直に立つ

富士山中道

夜《よ》のうちに雨はあがりて朝空に富士山頂はすぐそこに見ゆ

中道を一周せしこと幾度か大沢の崩落にて今は巡れず

岳樺の剝けかかりし皮を丁寧にはぎ取りてゆく幾人か居り

雪渓があれば思はず登りゆき降りるに難渋する生徒らを待つ

目の前の岳樺にかかる猿麻桛はしやぎつつ行く君ら気づかず

落葉松の新芽をクリソプレーズと言ひし宮沢賢治を思ひつつ行く

三日月のごとくに見ゆる山中湖今日は雲のかかりて見えず

自然破壊と非難されしスバルライン植生変りて富士空木多し

開成のワンゲル部と登りしも幾度か思ひ出づれば昨日のごとし

その前に文芸教室の塾生らと毎年登りしひとときありき

富士山にわれの登りし十一度麓より頂上までなべて歩きて

自動車道のここに開通せし頃か仏法僧鳴かず二十年といふ

それぞれに近作五首を二十部づつコピーして持ち寄る今日の歌会

鉄柵はところどころ破れゐていまだ基地なのかただの空地か

遠き世に刻まれ今もこの山に四方を見守る四面四仏石塔

すでに病兆してゐしかいつまでも半夏生の白きに手を触れてゐき

警備カメラ映してゐるを意識して長き廊下をわが歩みゆく

リヤカーに無農薬野菜を積みて来し夫婦いつよりか来なくなりたり

水道工事終りしばかりのこの道をガス管工事がまた掘りかへす

つくりたる長葱を一束送り来ぬ今夜は久し振りに鋤焼

Xは一人一派のX派でY派でもZ派でもあつてはならぬ

内鎌にて

ビニールに覆ふは何の苗ならむ蒸気《いき》ぐもる中に巻髭の見ゆ

ガガイモの実莢の残るこの垣根いましし頃と変らぬといふ

この部屋に妻と娘の骨壺を置きて病み臥しいましし君はも

文机に置きし筆洗に活けてある苔竜胆のかそかなる花

川土手を刈りたる草の流れ来て養魚場の堰に溜れり

数多ゐし門下の中に一人としてこの窮状を救ふなかりしか

有明《ありあけ》山の颪吹きこむこの小屋と言ふべき家に住みて逝きにし

式部伝説

炎天下に野球の球審終へ来たりシャワーを浴びて身体を冷やす

先生の庭より友のたまひしを分けてもらひしこの半夏生

この花をいたくよろこびし君なりき摘みきて霊安室にわれはたむけぬ

那古観音の裏の崖道のぼり来て山無花果の熟れし実をもぐ

式部伝説の一つならむか岬山《さきやま》に和泉式部母娘の墓置かれあり

火鉢に植ゑし大賀蓮葉を出だし降りくる雨を弾きてをりぬ

水槽より魚すくひてすぐ料るかかる残酷を肴に飲み合ふ

那須数日

関跡の道の両側に幾本か茨生ふるは植ゑたるものか

「白河関跡より少し山に入る」土屋先生百穂画伯と邂逅の場所は何処《いづへ》

荒野に一本《ひともと》立てる大き松そにすがるごと寺開かれぬ

開拓の人らのために雲照のここに開きしこの雲照寺

那須余一だけでは持たず水琴窟などを造れる那須温泉神社

石原は庭園のごとく整ひて硫黄のにほひもほとんど立たず

境内に三十三の観音像就中頰に手添ふる如意輪観音

昨夜《よべ》の雨にみ頰のいまだ濡れてゐる木立の中の准胝観音

西那須野疏水の取水口まで登り来れば蒸気噴く那須岳はすぐそこに見ゆ

次々と造り替へられし頭首口川の向かうにしづかに並ぶ

頂の池塘はさびし流れゆく雲よりほかに映るものなく

暑かりし一日も終りて駅前に匂ひたてゐる焼き鳥を買ふ

妬みとはおのが力の足りなさの表れなるに思ひ至りぬ

全天にひろがる夕べの鰯雲今見てゐるはわれのみにして

朝早く寺のめぐりをわが歩む疎水の水の音を聞きつつ

野を焼きし火にも耐へ来し五百年その赤松の今枯れむとす

能ならぬ現実にても殺生石噴気口なくなりただの石と化す

採りて来て庭に植ゑたる玉紫陽花小さき玉を一つつけたり

軍事教練

やうやくに手に入れし鮫皮の編上靴教練の授業にてたちまち破れき

あけ放つ窓より入り来し鬼蜻蜓《やんま》テストする生徒らの上旋回す

「死語辞典」といふを見れば短歌では今も使ふ語がいくつもありぬ

明らかにわれを意識して書かれたる文と思ひてわれは読みたり

その後連絡のなくその日過ぐ会は開かれしか開かれざりしか

足早に君の病室に出入りするナースらを見たりわが行きしとき

里芋の上を吹きくる夕風に向かひて心きほふひととき

この花の咲くを待たずに逝きたりし君に供ふる節黒仙翁

枝先に一つづつつくツクバネのいまだ青き実手にとりてみつ

後記

一九八六（昭和六十一）年から一九九四（平成六）年までの作歌から六百二十三首を選んで第四歌集『鉄鉛集《てつえんしふ》』としました。（第一歌集『吹雪く尾根』一九八三（昭和五十八）年刊、第二歌集『動向』（昭和歌人集成・13）一九八九（平成元）年刊、第三歌集『夕暮の運河』（新現代歌人叢書・74）二〇一一（平成二十三）年刊。）

　またしても古い作品を纏めることになりましたが仕方がありません。『鉄鉛集』としましたのは、集中の「鉄を鉛と言ふとも鉄は鉄なりと思ひてわれは心こらへぬ」（一九八八年）から取りました。何も玉石混淆という思い上がった考えではなく、鉄には鉄の鉛には鉛のそれぞれ有用な使い場があり、どちらも大切で、いろいろな場面を歌ったという意味です。この歌の意味も、私には私の生き方があるのに、それを曲げて取られて残念だという心算でした。

まだ今日まで二十年分くらい残っていますが、出来るだけ早く纏めたいと思っています。

刊行に当っては、現代短歌社の方々に、とりわけ今泉洋子様にたいへんお世話になりました。あつく御礼申し上げます。

二〇一五年十二月一日

吉村睦人

歌集 鉄鉛集

2016(平成28)年5月20日　発行

著　者　吉　村　睦　人

〒146-0081 東京都大田区仲池上2-10-6-501

発行人　道　具　武　志

印　刷　㈱キャップス

発行所　**現 代 短 歌 社**

〒113-0033 東京都文京区本郷1-35-26

振替口座　00160-5-290969

電　　話　03(5804)7100

定価2000円(本体1852円＋税)

ISBN978-4-86534-157-7 C0092 ¥1852E